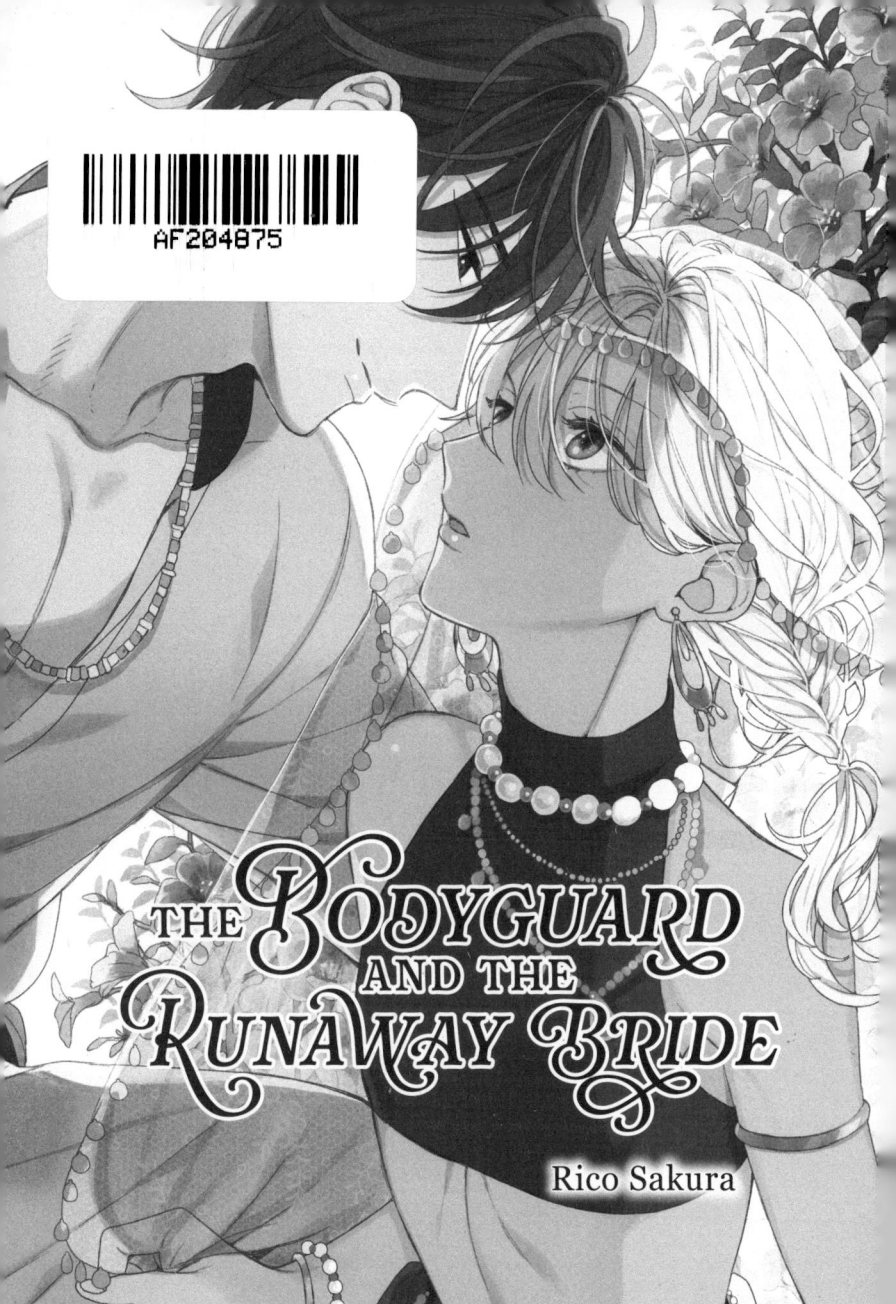

THE BODYGUARD AND THE RUNAWAY BRIDE

Rico Sakura

TOKYOPOP®

Inhalt

THE BODYGUARD
AND THE
RUNAWAY BRIDE

Story 1

Noch dazu ist sein Zukünftiger der König der Großmacht Asteria.

Das ist wirklich erfreulich.

Amir-sama* wird also endlich auch heiraten.

*sehr höfliche, geschlechtsunabhängige Anrede

Hör schon mit dem deprimierenden Gerede auf.

Hier, trink, trink!

RAUN

Ha ha ha!

Er tut mir aber schon etwas leid ...

Dann wird wohl auch der Handel mit Asteria einfacher werden.

Wirklich ein dankenswerter Umstand.

RAUN

RATTER

RATTER

Herrscher überall sind wirklich egoistisch.

Das Leben einzelner Menschen ist ihnen völlig egal.

Er ist zum Werkzeug der Diplomatie geworden.

Sicher wurden dafür auch lukrative Handelsbedingungen angeboten.

Dennoch ist die Heirat des dritten Prinzen ...

Sein Zukünftiger, der König, ist schon über 50.

... hat dieser alte Sack eine Schwäche für schöne Menschen, egal welchen Geschlechts ...

Aber wie man hört ...

Dann muss dieser dritte Prinz äußerst ...

Platz da!

Uff ...

DOMP

...

In Eile?

Ist er etwa gesprungen?

Nein, ich ...

Alles in Ordnung?

Tut mir leid! Ich war in Eile.

Hast du dich auch nicht verletzt?

Wäre ich nicht hier gewesen, hätte er sich verletzen können.

Wirklich?

FLAPP

TAPP

Ein
Glück.

Soll ich dich ret- ten?

Was?

Wieso willst du wieder weglaufen?

Ugh ...

KLAMMER

LÄCHEL

Auch wenn dein Zukünftiger ein alter Mann ist, ist er doch der König eines Landes mit entsprechender Macht.

Und er ist in dich verliebt, oder nicht?

Wenn du ihm entsprechend geschmeichelt hättest, hättest du ein Leben ohne Einschränkungen führen können.

Es heißt, er nimmt sich einfach die Menschen, die ihm gefallen, und sammelt sie.

Der König von Asteria hat eine Vielzahl von Mätressen.

Vielleicht kennst du das Gerede nicht.

Und das passt dir nicht.

Auch mich würde er nur als Teil seiner Sammlung betrachten.

Als dritter Prinz war ich natürlich auf eine politische Heirat vorbereitet.

Wenn es also das Land reicher ...

Nein, das ist mir eigentlich egal.

... und alle glücklich macht, wäre es nicht nutzlos.

Aber ...

Es heißt, dass er an mir interessiert ist.

Letztlich bin ich aber nicht ewig jung und schön.

... ich bin ein Mann ...

... mein Zukünftiger ist ein alter Kerl.

Kinder werden wir natürlich keine haben.

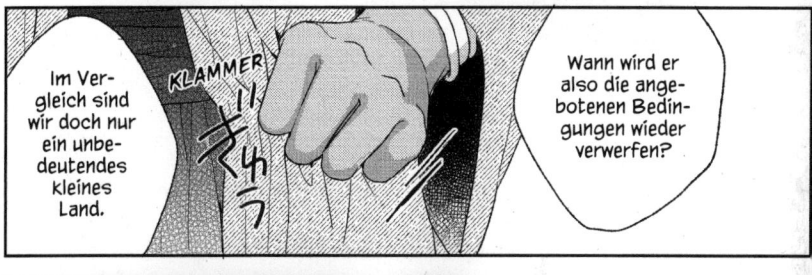

Im Vergleich sind wir doch nur ein unbedeutendes kleines Land.

KLAMMER

Wann wird er also die angebotenen Bedingungen wieder verwerfen?

In einem fremden Land ...

... hätte ich keinen Grund weiterzuleben.

Wenn man das bedenkt, warum soll ich dann überhaupt heiraten?

Pyu!

Pyu!

Danke, Tio.

Soll ich den Rest meines Lebens verbringen, als wäre ich schon tot?

Ich verstehe, was du sagst.

20

BRÜLL

Hast du etwa vor, mich zu verkaufen?!

Als Händler würdest du wohl eher verlie...

Wenn du mir bei der Flucht hilfst, gewinnst du dadurch doch nichts.

Willst du etwa ...?!

SCHRECK

Hä?

Ich habe keinen besonderen Beweggrund ...

... aber ich habe keine Geldsorgen. Warum sollte ich mich also auf so einen gefährlichen Handel einlassen?

Natürlich könnte ich dich teuer verkaufen ...

Es heißt doch, dass im Nachbarland Riolante Sklavenhandel betrieben wird ...

... aber das verunsichert dich wohl?

22

Es ist einfach so, dass ich dich will.

BEB

Keine Sorge.

Daher werde ich dich auch nicht verkaufen.

BEB

Du bist viel zu kostbar, um es mit so einem alten Sack zu treiben.

Außerdem ...

REIB

REIB

Ich weiß immer noch nicht, was sich dieser Kerl dabei denkt.

Aber seltsamerweise ...

... spüre ich gerade keine bösen Absichten ...

Wie soll ich mir da keine Sorgen machen?

HÜPF

Ah, Tio!

...

Oder du gehst zurück zum Palast, wie du willst.

Wenn du mir nicht traust, können wir uns auch hier trennen.

Was willst du tun?

Aber ...

Ich habe das Gefühl, dass er vorhin vielleicht nicht die Wahrheit gesagt hat ...

SCHLUCK

Hah ...

Es wäre so oder so keine sichere Reise gewesen.

Ich gehe nicht zurück ...

Als ich den Palast verließ, habe ich mich entschieden.

Auch wenn ich dadurch alles verliere.

24

Ich ver-
stehe.

Bring
mich bitte
von hier
fort.

In
Ordnung.

LÄCHEL

KLIMPER

Ich will eigentlich möglichst keine Schulden machen.

Normalerweise hätte ich ihn entlohnt, aber ...

Wenn sie doch böse sind, kann ich ja weglaufen. Obwohl ...

Sie sind nur zu zweit.

Dieser Typ und ...

... der von vorhin ...

Wir fahren los, sobald unsere Ladung verstaut ist.

SST

Aber je mehr Zeit vergeht, desto strenger werden vermutlich die Kontrollen.

Erst mal kümmern wir uns um deine Kleidung.

Hier ...

RASCHEL RASCHEL

26

Kann ich dir damit ein wenig danken?

Ja, das wird genügen.

Aber ...

Ja?

... du bist erstaunlich mutig ...

... mir so einfach deinen Körper anzubieten.

ZERR

So war das nicht gemeint!

Ich wollte dir nicht meinen Körper ...!

Ah!

...?

ぼっっっ
ZUSCH
Ah ...
Ah ...
Hä?
W...
Was
...?
SCHUBS
D...
Du versteht das falsch!
Lass los!
WUSCH
たっ
Ah!
DONK
Uwah!
DOMP

Ich sag dir mal was.

Es gibt da draußen jede Menge fieser Kerle wie mich.

Hier läuft es anders als da, wo du bisher gelebt hast.

... solange ich seine wahren Absichten nicht kenne.

Ich hätte mich ihm nicht schutzlos ausliefern dürfen ...

Gar nichts hab ich verstanden.

Das weiß ich ...

DRÖPP

Vor allem ...

Von nun an werde ich nicht so unauf-merksam sein.

Das heißt ...

WUPP

Du wusstest also, was ich meinte ...?

Der Schmuck sollte als Bezahlung dienen.

... wenn ich die hier ver-kaufe, wissen wir nicht, wen das auf deine Spur bringt.

Die habe ich erst neulich eingekauft.

Und hier.

Deine Kosten übernehme vorerst ich.

...ke.

Hm?

Kleidung.

Danke ...

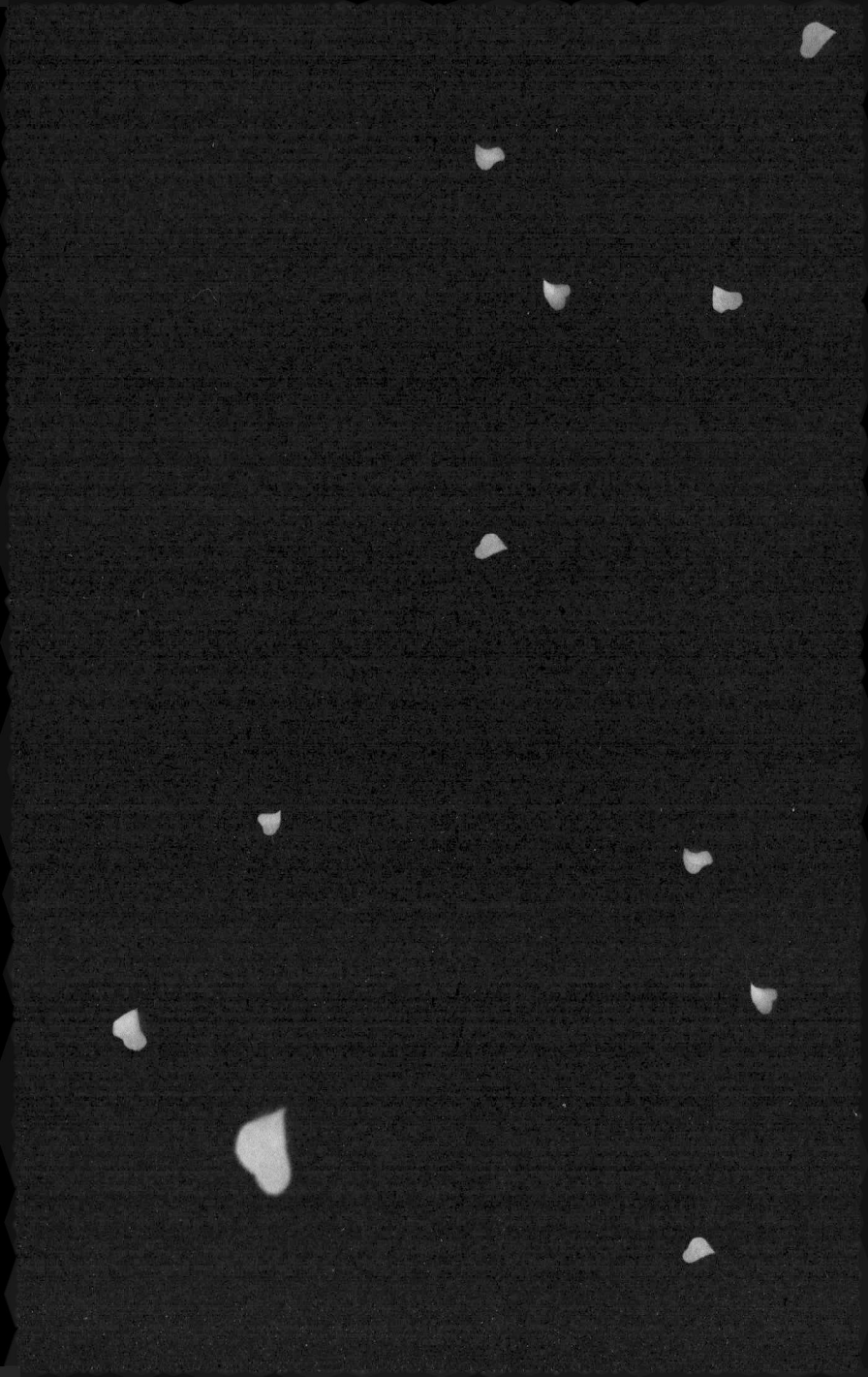

THE BODYGUARD AND THE RUNAWAY BRIDE

Story 2

Kurz danach brachen wir auf.

Fast einen Tag lang wurde ich in der Kutsche durchgerüttelt.

RATTER

RATTER

FUNKEL

RUMPEL

RUMPEL

Sie ziehen von Stadt zu Stadt und treiben Handel.

RUMPEL

RUMPEL

Sai und der andere scheinen ihren Lebensunterhalt als fahrende Händler zu verdienen.

Wir sind da.

!

RUMPEL

WABER '''

SNIFF

SNIFF

Ach so, natürlich.

Ich war schon mal in den Geschäftsvierteln der Hauptstadt.

Aber da war ich nicht allein.

Warst du je ''' an so ''' einem Ort?

Versucht doch mal einen. Die sind köstlich.

Oooh...

GRAPP

Hey.

ゴゴゴゴ

SSST ...

KNURR

Ich wollte mir das nur kurz ansehen ...

Ah ...

Wandere nicht herum.

Sch... Schon klar.

Ich suche dich nicht, wenn du dich verläufst.

NICK

NICK

Schmeckt's?

あ

HAPPS

Das freut mich.

SCHLUCK

...!

Amir-sama ist wegen einer Krankheit zusammengebrochen.

Hey, hast du schon gehört?!

Auch wenn das etwas einsam werden könnte.

Da wäre es mir lieber, ich sterbe sofort ...

... und kann von vorn anfangen.

HAPPS

Aber so denke ich darüber.

PATT

Was soll das?

Du bist doch nicht etwa so schnell entmutigt?

Gar nicht!

STARR

... aber lasst uns das Geschäft schnell abschließen und in die Unterkunft zurückkehren.

Diese Gegend ist nicht gerade sicher.

Ähm ...

Ich stör ja nur ungern beim Herumalbern ...

ZETER ZETER

...

Du hast recht.

Ähem ...

Mal im Ernst ... Was soll das werden?

Es wäre wohl besser, wenn wir so schnell wie möglich gehen.

RAUN

RAUN

HAPP

HAPP

Auch die andere Seite scheint verhindern zu wollen, dass die Wahrheit ans Licht kommt.

Aber es scheint, als könnten sie keine allzu auffälligen Schritte unternehmen ...

Hoffentlich ...

Schon bald wird es ...

... wohl auch hier bekannt sein.

DROPP

DROPP

Stimmt. Es sieht ganz so aus, als würden sich die Gerüchte über ihn wie ein Lauffeuer verbreiten.

ZZZ

Amir?

Gut, dann werden wir morgen schnell zusammenpacken und ...

DOMP

Er ist so leichtfertig ...

SCHUMMER

RASCHEL

SCHUMMER

Ein Bett ...

Bin ich etwa eingeschlafen?

...?

ROLL !!

DOMP

??

Weil es nur ein Bett gibt.

Wieso schläfst du neben mir?

Du hättest mit dem anderen Kerl zusammen schlafen sollen.

Ihr habt doch zwei Zimmer.

Aber Halils fiesem Blick, wollte ich dich auch nicht aussetzen.

Für den Fall, dass Verfolger gewaltsam eindringen, kann ich dich doch nicht allein lassen.

...

Aber ...

Vielleicht ist dieser Sai ja gar kein übler Kerl ...

Wenn er das so sagt, kann ich nicht widersprechen.

WUPP

KRIEE

... das ist für mich doch auch eine einmalige Chan-ce, nicht wahr?

...!

ZZZ

Kyu!

Tio!

Tio!

PLOPP

Tio ...!

Hat dein Begleit-schutz heute etwa frei?

Das bedeutet wohl, dass uns niemand stören wird.

!

Ich schlafe jetzt!

GRMPF

Huah!

Auch ich bin heute den ganzen Tag in der Kutsche durchgerüttelt worden.

Dafür habe ich gar nicht mehr die Kraft.

...

Und du wirst wirklich nichts tun?

TSS

Ich mache jetzt die Lichter aus.

Ach ja?

Ja.

FUNKEL

Wirklich schön.

Wie Seide.

Ist das in Ordnung so?

J... Ja.

Danke ...

Ich kann verstehen, warum der lüsterne alte Sack aus Asteria ihn haben wollte.

Sind dein jüngerer Bruder und ich uns ähnlich?

Kleiner Bruder ...

Ah, vielleicht hat er mich deshalb ...

Mein kleiner Bruder hatte auch lange Haare. Ich habe sie ihm gelegentlich geflochten.

Du kannst das aber gut.

Und was soll das bitte heißen?!

Ach so? Das Gegenteil ...

Du hast es also bemerkt, ja?

Dann lag ich also falsch ...

Nein, gar nicht.

Er ist besonnen und charakterlich das genaue Gegenteil von dir.

Ugh ... Ugh ...

Alles
...

... pri...
ma!

Alles
in Ord-
nung?

Hrgh!

Halil,
lass ihn
das ma-
chen.

Sieht aus, als
würde sie gleich
runterfallen ...

Mir
geht's
nicht
um dich,
sondern
um die
Ladung.

Es
ist auch
nicht gut,
wenn du
ihn zu sehr
gewähren
lässt.

Warum
das
denn?

Mehr Leute,
die anpacken
können, sind
doch gut.

Er
will uns
kein Klotz
am Bein
sein.

Ist das
nicht un-
sensibel?

Das
mag ja
sein, aber
...

Amir, lass uns losziehen.

Halil, kann ich dir alles Übrige überlassen?

Ja.

Das Beladen ist so weit fertig.

Diese Kleidung habe ich dir wahllos gegeben, weil sie gerade da war.

Das hier ... ist also ein Bekleidungsgeschäft?

Such dir aus, was du möchtest, aber nimm nichts, was zu auffällig ist.

Aber du brauchst Wechselkleidung und wir sollten dir auch einen Schleier kaufen.

ZUSCH

D... Das war gar nicht meine Absicht.

Entschuldigung. Bitte verzeiht mir.

Ich werde es wiedergutmachen.

Sei vorsichtig.

Wissen Sie, eine solche Anmache geht heutzutage gar nicht mehr.

J... Ja.

Was?!

Ist das wahr?!

Ha ha ha ...

Ich dachte nur, dass der jungen Dame frische Farben sicher gut stehen würden.

Ich bin ein Mann.

KLIMPER

Bezahl hiermit.

Ich warte drau-Ben.

Ist gut.

Hey.

....!

BAMM

W... Was soll das?!

Uwah !...

ZACK

Du beobach-
test diese Per-
son schon seit
gestern.

Bist du
ihr ge-
folgt?

Wirklich?

Ich hab
das Mäd-
chen ges-
tern schon
gesehen und
sie war so
süß ...

Ich
wollte
sie bloß
anspre-
chen.

W...
Wirklich.
Ich lüge
nicht.

Antworte
ehrlich.

I... Ich
hab nur
...

Tut mir leid, dass ich so grob war.

Diese Person ist auch niemand, mit dem du fertigwürdest.

Also lass es einfach.

Verfolge sie auch nicht mehr heimlich, klar?

Ach ...

Das würde nicht gut ausgehen.

Eins noch.

Ist Amir ... immer noch nicht fertig?

Sai!

SCHWITZ

...

SCHWITZ

Ich hab ihm gesagt, dass es ruhig aussehen darf wie das alte.

Aber er war so freundlich, da konnte ich nicht ablehnen.

I... Ist wohl doch noch zu auffällig?

Der Verkäufer hat das für mich ausgesucht.

Wie findest du es?

Na ja ... Ich glaube, wenn du es trägst, sieht alles so aus.

Für die Entlohnung, die du mir gegeben hast, werde ich dein Begleitschutz sein, sei also unbesorgt.

Also ...

Ich werde dich nicht einfach so ausliefern.

Der Kerl macht mich wahnsinnig ...

RATTER

RATTER

Bis zur nächsten Stadt wird es mehrere Stunden dauern.

Ist gut.

Ich kann ihm also wirklich nicht trauen.

Sag mal ...

Das war doch eine Lüge, dass du meinen Körper wolltest, oder?

RATTER RATTER

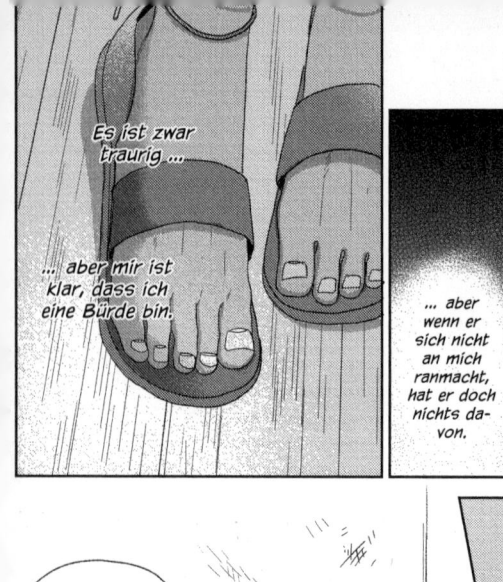

Es ist zwar traurig ...

... aber mir ist klar, dass ich eine Bürde bin.

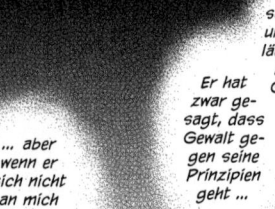

... aber wenn er sich nicht an mich ranmacht, hat er doch nichts davon.

Er hat zwar gesagt, dass Gewalt gegen seine Prinzipien geht ...

Wenn ich geschnappt werde und es schlecht läuft, wird er als Entführer ins Gefängnis gesteckt.

Es war keine Lüge.

Ich glaube dir nicht.

Wieso hast du mich gerettet?

Ich frage so lange, bis du mir antwortest.

Du bist wirklich ein sturer Kerl.

STUPS

STUPS

Ist doch egal.
Es gibt keinen besonderen Grund.
Hah ...
Ich bin auch von zu Hause abgehauen.

THE BODYGUARD AND THE RUNAWAY BRIDE

Story 3

Mutter, entschuldigt die Störung.

Oh, hast du mir etwa Blumen mitgebracht?

Es geht mir schon besser.

Wie ist Euer Befinden?

Ich hörte, dass Euch wieder nicht wohl ist ...

Ich wollte Euch ein wenig aufheitern.

Danke, die sind wirklich schön.

Das tägliche Lernen muss sehr anstrengend sein.

Es ist in Ordnung, wenn du dich etwas ausruhst.

Ist dein Unterricht schon beendet?

Nein, er geht noch weiter.

Ich gehe gleich zurück.

SST

Ich bin auch jetzt schon stolz auf dich, mein Sohn.

Das ist unmöglich.

Als Euer Sohn darf ich kein Mensch werden, für den Ihr Euch schämt.

Und ich bin sicher, dein Vater ebenso.

SST

KRIEE

Ich hätte gern etwas frische Luft.

Würdest du das Fenster öffnen?

Sehr wohl.

...

Doch nachdem ich die Hoffnung aufgab ...

... konnte ich nicht mehr dort leben.

Was ich auch tat, ich schaffte es einfach nicht, Vaters Interesse zu wecken.

Das wusste ich und Mutter vermutlich auch.

SCHRECK

PATSCH

Sai!

Ja ...

Haah ...

Steigen wir aus.

Halil sagt, er möchte eine Pause machen.

Habe ich Euch nicht irgendwo schon mal ...?

Wir haben eine ordentliche Strecke ohne Zwischenfälle zurückgelegt.

Obwohl es ein paarmal ganz schön knapp war.

Dass ich das Schloss verlassen habe, ist nun schon ...

... zwei Wochen her.

Ist das Astea?

Das ist ja gar kein Jasman.

Hm...

Was ist das?

BLÄTTER

Ich versteh nichts...

Mann!

Dabei hab ich doch eine gute Erziehung genossen...

Aber du kannst das lesen, oder?

Na ja, das ist ein altes Buch, daher gibt es einige Stellen, die schwer zu verstehen sind ...

Das ist wirklich toll, Sai.

Ich hab nicht geschwänzt!

Hast du etwa den Unterricht geschwänzt?

Aber ganz selten!

M... Manchmal hab ich mich weg-geschlichen.

STARR

Kommt bitte zu-rück!

KLETTER

Amir-sama!

KLETTER

Erinne-rung an die Ver-gangen-heit

Ich hab ganz ernst-haft ...

Das kann ich mir vor-stellen...

War ja klar.

Hé he ...

Wie dem auch sei ... Was werden wir jetzt tun?

Aber ...

... ich denke, es ist in Ordnung, noch ein bisschen bei ihnen zu bleiben.

Wenn ich ihnen wenigstens ein wenig von Nutzen sein kann.

Was ist?

Nichts!

Haah ...
Wo denn?
Die da.
HÜPF
Ach so.
Geld?
Amir.
Nimm das.
KLIMPER
Das ist dein Lohn für die zwei Wochen.
Weil du uns geholfen hast.

Mein ...

I... Ist das denn in Ordnung?

Ja.

Das ist dein gerechter Lohn.

Lasst uns allmählich aufbrechen.

Wenn wir zu lange hierbleiben, wird es noch dunkel.

Stimmt.

Die sehen alle gut aus.

Also, hier.

Ja.

Also dann, ich freue mich auf weitere gute Geschäfte.

Ha ha ...

Die Waren, die du lieferst, sind immer von guter Qualität. Das hilft mir sehr.

Du hast ein gutes Auge.

Danke.

BLÄTTER

Wieso das denn?

Tut mir leid.

Das ist wirklich schade.

Ich plane, für eine Weile das Land zu verlassen.

Gehst du etwa auch nach Kadarraha?

Es heißt, der König sei krank und ans Bett gefesselt.

Es geht das Gerücht um, dass er wohl nicht mehr lange leben wird.

Und dass mit einem Generationswechsel sicher Feierlaune herrschen und auch der Handel aufblühen wird.

Weißt du nichts davon?

Nein ...

Was meinst du mit »auch«?

Ach so ...

Na ja, lass uns wieder Geschäfte machen, wenn du zurückkommst.

Daher gibt es immer mehr, die schon vorher dort hinreisen.

Sai?

GNH

KLACK

Tut mir leid.

Ich möchte kurz allein sein.

Geht es Sai irgendwie nicht gut?

Halil, du kennst Sai gut, oder?

Alles gut. Das sollte schnell vorbeigehen.

... kenne ich ihn schon seit seiner Kindheit.

Ja.

In gewisser Weise ...

Das passiert hin und wieder.

Nanu?

So lange?

Ganz genau
...

Stimmt
ja.

KLIMPER

Tio ist ja
bei mir.

Nein,
schon
gut.

Ich
komme
bald zu-
rück und
gehe auch
nicht
weit.

Ich
ziehe
kurz
los.

Bleib
du bitte
bei Sai,
Halil.

Dann
komme
ich mit
...

WICKEL
WICKEL

Sei bitte vorsichtig.

Ja.

キョロ LINS

キョロ LINS

RAUN
ガヤ

RAUN

ガヤ

RAUN

Oh, ähm ...

Ich habe eine tolle Auswahl!

Suchst du etwas Bestimmtes?

DRUCKS

DRUCKS

Daher ...

... su-
che ich
etwas,
damit
er ...

M...
Mein
Beglei-
ter fühlt
sich
nicht
gut.

... sich
besser
fühlt ...

Wenn
das so ist,
habe ich
genau das
Richtige.

Wirklich?

Ha ha
...

Aha
...

Interes-
sant ...

Das
hier.

SST

Wenn ihn das wirklich entspannen kann ...

... ist das sicher gut.

Wer das riecht, fühlt sich gleich besser.

Wie wär's?

Genau.

Räucherwerk?

Ich hoffe, dein Begleiter fühlt sich bald besser.

Ja.

KLIMPER

Was kostet das?

Ein Glück, es reicht.

500 Dire.

Hab ...

... vielen Dank.

...

ZUSCH

Das muss ja ein toller Kerl sein, der mit so einer Schönheit zusammen ist ...

Amir?

KRIEE

Komm ... ... ruhig rein.

Darf ich?

Wenn du mich fragst, ob ich es ihm übelnehme – ja, natürlich.

Na ja ...

Meinen Vater?

Wieso das?

Na, weil er dich nie gefragt hat.

Verstehe.

Aber ...

... ich habe beschlossen, von nun an ...

... mein Leben in vollen Zügen zu genießen.

Doch obwohl mein Kopf das weiß ...

... begreift es mein Herz einfach nicht.

Aber er wollte mich ja nicht verheiraten, weil er mich hasst.

Daher möchte ich nicht verbittert sein.

Dann würde es doch keinen Spaß mehr machen, oder?

Ich glaube ...

... so kann ich noch nicht denken.

... wie sehr er meine Mutter damit verletzte.

Außerdem glaube ich, dass es ihm völlig egal war ...

All seine Liebe galt immer ihr und ihrem Kind.

Mein Vater hatte neben meiner Mutter ... noch eine Beziehung mit einer anderen Frau.

Sai?

*... wann habe
ich mich das
letzte Mal ...*

*... so an
jemanden ge-
schmiegt?*

Und ...

*Wann habe
ich ...*

*... das
letzte Mal
so ge-
weint?*

DOMP

Ach ja ...

Fast vergessen.

Uwah!

Hast du dich beruhigt ...?!

RUCK

Ah ...

?

KLACKER

KLACKER

Das ist gefährlich.

Ich habe dir doch gesagt, du solltest möglichst nicht allein sein.

Allein?

ZUCK

GRMPF

Das habe ich vorhin gekauft.

Was machst du da?

Räucherwerk?

Ich habe es ja auch nicht erkannt, bis er es rausgeholt hat ...

?

Hat dieser weltfremde Kerl das etwa nicht gewusst?

Das macht einen aber auf andere Art glücklich.

Es hieß, es würde dich wieder glücklich machen, Sai.

Wieso hast du das gekauft?

Ist das ein aphrodisierender Duft ...?!

Ein afrowas ...?

Nicht gut. Die Wirkung wird immer ...

Erst mal sollte ich mich wohl darum kümmern.

Amir, hör auf, dich auszuziehen.

Es ist so heiß ...

ZUCK

RUBB

RUBB

Haah ...

AH!

Ah!

S...
Sai
...!

Ich
glaub,
dass ich
gleich
...!

SPLATT

THE BODYGUARD AND THE RUNAWAY BRIDE

Story 4

SCHÄM

ぎく
SCHLUCK

N... Nichts!

Es ist überhaupt nichts!

Oder, Sai?!

Also das ist doch wirklich zu offensichtlich.

Genau! STARR

Ja, gar nichts.

...

Was ist mit euch?

ビク
ZUCK

Ist das wirklich eine gute Idee?

...

... Sai meinte doch, dass das schwierig würde.

Was, aber ...

Ja.

Ist es.

Wenn er ...

... in Schwierigkeiten gerät, kann ich ihn beschützen.

Immerhin kenne ich mich dort am besten aus.

Was …?

Das ist jetzt das Wichtigs-te.

Du hast recht, dass du dort Ein-fluss hast und eine Tarnung leichter ist.

Wenn du es für rich-tig hältst, stimme ich zu.

Ähem …

Dann
ist es
beschlos-
sen.

Ja.

Ihr
kommt
also aus
Kadar-
raha?

Allmäh-
lich müss-
ten mein Va-
ter und die
anderen wohl
aufgegeben
haben.

Man
kann einen
Schwindel nur
eine begrenzte
Zeit aufrecht-
erhalten.

Deshalb
...

Wenn du
nicht dorthin
zurückwillst,
Sai, solltest
du dich nicht
dazu zwin-
gen.

Deshalb
hat er an-
fangs ge-
sagt, dass
das nicht
geht.

Ah,
aber
dann
...

Außerdem habe ich entschieden, was ich machen will.

Du brauchst dir also keine Sorgen zu machen.

Natürlich möchte ich mich meinem Elternhaus nicht nähern.

Aber das Land selbst hasse ich nicht.

Es ist ja nicht so, als hätte ich gar keine guten Erinnerungen daran.

Dann ist ja gut.

Wenn du das sagst ...

FUNKEL

FUNKEL

... es gibt dort Tiere, die nur im Osten leben.

D... Die kenn ich!

Sie sehen aus wie Bären und sind schwarzweiß ...

Die hab ich in einem Bilderlexikon gesehen!

Ugh ...

... wir können uns doch nicht einfach vergnügen ...

G...

Gern, aber ...

Wollen wir uns die ansehen?

W...

Wirklich ...?

STRAHL

Ein bisschen sollte kein Problem sein.

Ich hätte nicht gedacht, dass mal der Tag kommt ...

... an dem ich so über dieses Land rede ...

Die wollte ich immer schon sehen.

Ach, nichts.

Ich habe nur mit mir selbst gesprochen.

Hm?

Puha ...

PLATSCH

PLANSCH

PLANSCH
PLANSCH

SCHLECK

SCHLECK

Ich wünschte, es würde immer so bleiben.

Ich freu mich schon so!

HIBBEL

HIBBEL

Haaach, ist das herrlich ...

Dieser Ort ist ein Geheimtipp.

RASCHEL

Gehst du auch schwimmen, Sai?

Ja.

Ich habe vorher nicht richtig darüber nachgedacht.

...

Badumm?!

W... Was ist los?!

BADUMM

Was machen wir da nur?

DRÖPP

!!

A... Aber das geht wohl nicht ...

Ah, und dann ...

ähm ...

... und meinen Körper stählen. Dann werde ich schon bald stärker sein als du, Sai!

Ich will viele Bücher lesen, lernen ...

Ich will
dich.

Ah ...!

GRAPP

PLATSCH

... du würdest solche Scherze lassen.

Es wäre wirklich besser ...

Du bist echt ...

Meine Kla-motten ...

LÄCHEL

PLITSCH

Wieso?

PLANSCH

PLANSCH

Vielleicht gibt es ja Kerle, die das ernst nehmen ...

V...

Deshalb ...

... solltest du das nicht so leichtfertig sagen ...

Aha ...

...

Si-
cher
nicht
...

Er ist
offenbar
geübt
darin.

Das
kann al-
so nichts
sein, was
er nur zu
mir sagt.

Das
hat er
sicher
auch
schon zu
anderen
gesagt.

Ich ...

... will
das viel-
leicht gar
nicht ...

Was
mache
ich denn
jetzt?

ZUPP

SCHOCK

übrigens habe ich das ...

... noch niemandem sonst je gesagt.

So etwas Unaufrichtiges würde ich nie tun.

Und ich mache auch keine Scherze, die mich später in Schwierigkeiten bringen könnten.

D... Du lügst.

Wieso sollte ich?

Für was für einen Aufreißer hältst du mich eigentlich?

Es ist nicht so, dass ich dir nicht vertraue ...

Ich kann es vielleicht nur noch nicht glauben.

Ich hole eben einfach nicht gern zu weit aus.

Ich hätte nicht gedacht, dass du mir so wenig vertraust.

Was soll ich nur tun?

Soll ich es dir sagen, bis du mir glauben kannst?

144

S... Sai
...?

Dann kommt vielleicht auch Amir zurück.

Vater, lass uns jetzt endlich die Auflösung der Verlobung verkünden.

Häh ...

Wohin ist Amir nur verschwunden?!

Der König von Asteria war sehr interessiert an Amir und ...

... er sagte schon, es sei ihm egal, wenn er etwas gebrechlich wäre ...

Nein ...

Wenn du sagst, dass er einfach nicht in der Lage ist zu heiraten, wird vielleicht auch sein Zukünftiger ...

Habt ihr Amir gefunden?!

Majestät, ich muss Euch dringend etwas mitteilen ...

Bitte entschuldigt die Störung.

Außerdem wäre es doch möglich, dass jemand ihn entführt hat.

Kommst du schon wieder damit?!

KLACK

Wie bitte ...?!

Aber wir haben Nachricht erhalten, dass jemand gefunden wurde, der Amir sehr ähnlich sehen soll.

Nein, leider nicht ...

Mobilisiert sofort die Truppen!

Wir werden Amir um jeden Preis zurückholen!

THE BODYGUARD AND THE RUNAWAY BRIDE

Story 5

Sai, willst du etwas kaufen?

Ich würde gern ein gutes Buch kaufen, wenn es eins gibt.

Bei dir dreht sich alles nur ums Essen, oder?

STARR

Ein Buch ...?

Na ja, aber es ist sicher ...

... ganz anders als die vornehmen Speisen, die im Schloss serviert werden.

Genau! Darum geht's ja!

Ist doch in Ordnung. Mir macht das nichts.

Es ist ja auch lecker.

Kaufen wir was und essen in der Herberge?

Nichts.

Was ist los?

Sai meinte zwar, dass er es von Anfang an gesagt hätte.

Aber für ihn scheint das keine große Sache zu sein.

Gut.

Ich hätte gern die da.

Die gleiche Farbe wie Amirs Augen.

Ein geliebter Mensch würde sich sicher darüber freuen.

Er ist zwar etwas teurer, aber die Qualität ist gut.

Ein geliebter Mensch ...

STRAHL

Sonne ...

Damit passt es noch besser zu ihm.

Der ist wirklich hübsch, oder?

Man nennt ihn Sonnenstein.

FREU

Hast du auch etwas gekauft, Sai?

Hast du alles?

FREU

Als Dankeschön für das Räucherwerk.

Hm?

Ist das ... für mich?

Ja.

Außerdem kommt es nicht auf den Inhalt an, sondern darauf, von wem man es bekommt.

Wenn man den Inhalt austauscht, kann man es verwenden.

A... Aber das war ...

... letztlich wenig nützlich ...

Schon gut. Nimm es einfach an.

Gut.

Danke.

RAUN

RAUN

He he
...

Was da wohl los ist?

Wieso das denn?

Das solltest du selbst hinkriegen.

Hey.

Heißt das, du wirst mir auch weiterhin die Haare flechten?

...

Vermutlich fahnden sie nach einem Gesuchten.

Na ja ... Ich kenne keine Details, aber da wird kontrolliert.

Ist etwas passiert?

Gehen wir erst mal zur Unterkunft zurück.

Das ist nicht gut.

J... Ja.

Hey, du da!

Entschul-digung, darf ich mal dein Gesicht sehen?

!

GRAPP

Was?

Uwah!

Wa...

Wartet!

Hauen wir ab!

Schnell, hinterher!

Ihr müsst ihn ...!

Dann wurde Amir-sama also wirklich entführt.

Uwah?!

Was war das?!

Die Nebenstraße auf der rechten Seite ...

Ob Sai in Ordnung ist?

Was mache ich jetzt nur?

Wenn ihm etwas zustößt, ist das allein meine Schuld.

Halil!

Was soll ich nur tun? Sai ist ...!

PAMM

Viel wichtiger ist, was wir jetzt tun.

Haah ...

Es wird nicht lange dauern, bis sie uns hier finden.

DOMP

Ist deine Wunde schlimm?

Nur ein Kratzer.

Nichts Ernstes.

Puh ...

Jetzt, wo sie wissen, dass wir hier sind, werden sie ernsthaft suchen.

Wir werden ihn nicht zwischen der Ladung verstecken können.

Durch die Kontrollen wird es schwierig, auf normalem Wege aus der Stadt zu kommen.

Wir müssen Amir irgendwie verstecken.

Nein, wenn ich den Lockvogel spiele, kannst du derweil ...

Ob wir erst mal etwas Geld sparen und dann etwas wegen der Kontrollen unternehmen können ...?

GRÜBEL

Obwohl, jetzt, wo sie auch mein Gesicht gesehen haben ...

GRÜBEL

L.... Lockvogel?

Wenn er das macht und gefangen genommen wird ...

Ich bin so ein Dummkopf.

Wieso habe ich nicht daran gedacht?

Selbst wenn ich gefangen werde, wird man mich nur zurück in den Palast bringen.

SCHRECK

Amir?

Das darf einfach nicht geschehen.

Wo Sai doch endlich frei war ...

Aber wenn Sai und Halil für Verbrecher gehalten werden, die mich entführt haben ...

D... Das geht nicht!

Ihr könnt doch nicht ...!

BRÜLL

Hey.

Du hast doch nichts Dummes vor, oder?

Selbst wenn es hier vielleicht gut geht ...

... wird es beim nächsten Mal viel schwieriger werden.

Es ist zwecklos.

Jetzt warte mal.

Uns fällt schon ein Weg ein.

... dass ihr beide meinetwegen festgenommen werdet und mich deswegen hasst ...

... will ich noch weniger.

Du willst Halil doch auch nicht mit in die Sache hineinziehen, oder, Saî?

Im entscheidenden Moment würdest du wollen, dass zumindest er entkommt.

Auch wenn ich wirklich nicht glaube, dass Halil allein fliehen würde.

172

DRÜCK

...

GNH

Tio,
komm!

Pyu!

Amir
...

Komm
mir nicht
nach!

DOMP

Aber mit halbherzigen Worten hätte ich ihn nicht zurückhalten können ...

... das stand ihm ins Gesicht geschrieben.

Nein ... ich wollte ihn nicht gehen lassen.

Bin ich etwa froh, ihn gehen gelassen zu haben?

Saí!

Und ich weiß nicht, ob mein jetziges Ich ...

... die Kraft hätte, ihn gewaltsam aufzuhalten ...

Wie er sagte: Selbst wenn wir uns hier durchschlagen könnten ...

... wären unsere Chancen danach verschwindend gering.

Du weißt es und ...

... lässt ihn gehen?

Ich weiß.

Gerade ist Amir ...!

Bisher habe ich immer nur ...

... mein Schicksal verflucht.

In den Augen anderer war ich vielleicht gesegnet.

Mir bedeutete all das jedoch nichts.

Aber ...

... vielleicht war das alles nur für diesen Augenblick.

Du bist wirklich ein fähiger Gefährte.

Dank dir mache ich keine halben Sachen.

Ich nehme das mal als Kompliment.

Solltest du. Schließlich vertraue ich dir.

Haah ...

Wir kehren zurück.

Bereite alles vor.

... Hoheit.

Sehr wohl.

Ich kümmere mich sofort darum ...

THE BODYGUARD AND THE RUNAWAY BRIDE

Abschluss-Story

Haupt-
stadt
von
Kadar-
raha

Mach
dir keine
Sorgen.

Vater,
geht es
Euch
gut?

Öhö ...
öhö ...

Außer-
dem ...

... ist
das
nicht
meine
...

Sagt
doch so
etwas
nicht!

Aber
mir bleibt
nicht viel
Zeit.

Hah
—

Und
du solltest
nicht hier sein,
sondern die
nötigen Vor-
kehrungen
treffen.

Ist es dir gut ergangen?

Ja, ich bin so froh, dass dir nichts passiert ist!

Tut mir leid, dass ich so lange weg war.

Said ...!

Du bist also zurück ...

TAPP

TAPP

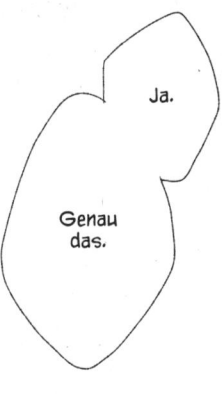

So viele Jahre des Herumwanderns ...

Bist du gekommen, um das Gesicht deines sterbenden Vaters zu sehen?

Ja.

Genau das.

Ich hasse Euch.

Das habt Ihr wohl nicht gewusst.

Ihr habt Euch ja auch nie um mich gekümmert.

S... Said ...?

Meine Gedanken ...

... kreisten immer nur darum, was ich tun könnte ...

... damit Ihr mich beachtet.

Ihr wusstet nicht, was ich denke ...

... würdet Ihr mir erlauben zurückzukehren?

Ich weiß, dass das egoistisch ist, aber ...

SST

Seid dessen versichert.

... aber ich werde noch einmal alles von vorn lernen und die Lücken der letzten Jahre füllen.

Natürlich ist jemand, der so viele Jahre verschwunden war, dem nicht gewachsen ...

Und ...

... ich verspreche, nicht davonzulaufen, egal was auch passiert.

Weder vor Euch ...

... noch vor dem Land ...

... oder mir selbst.

Noch bist du der Thronerbe.

Ob die Menschen um dich herum das anerkennen oder nicht, liegt bei dir.

Nein, vermutlich wirst du nicht mal so lange warten, oder?

...

He ...

Keine Frage.

Wenn ich es dir nicht erlaube ...

... wirst du nach meinem Tod nur Ärger machen.

... ich kann ihn einfach nicht vergessen.

Ob es wohl immer so weitergehen wird?

Ich muss etwas ändern.

Werde ich mich für den Rest meines Lebens so fühlen?

Es tut so weh.

Sai ...

Das weiß ich, aber ...

Es wird dich überraschen, das zu hören.

Dieses Mal ist es der König der Großmacht Kadarraha!

U... Und wer ist es ...?

Einen Heiratskandidaten ...?!

Ich dachte, der wäre von der anderen Seite abgelehnt worden ...

Nein, das hier ist ein anderer.

Ehrlich gesagt kam der Antrag schon kurz nachdem du wieder da warst.

Was ...?

Vielleicht weil du so niedlich bist wie deine Mutter.

Sicher hat er dich schon mal irgendwo gesehen.

Was? Warum sollte der ...?

D... Das ist mir zu plötzlich. Da komme ich nicht mit ...

Außerdem möchte er dich gern treffen, Amir.

Deshalb wird er gleich nach unserem Gespräch herkommen.

Aber er meinte, ich sollte warten ...

... bis sich die Situation etwas beruhigt hat.

Jetzt scheint alles endlich etwas zur Ruhe gekommen zu sein.

Heute?!

Oh ... äh ... Mir egal ...

Amir-sama, welchen Haarschmuck möchtet Ihr heute?

So ein Kandidat wird nicht noch einmal kommen.

Aber dieser hat den Ruf, ein junger, aufrichtiger und guter König zu sein.

Er sagte auch, dass er deine Wünsche respektieren wird, wenn ihr erst mal verheiratet seid.

Es stimmt schon, dass die Voraussetzungen des letzten Antrags nicht so gut für dich waren.

Ja ...

Schon gut. Den Rest mache ich selbst.

Ich warte draußen, falls Ihr noch etwas braucht.

Warum würde sich ein junger und aufrichtiger König einer Großmacht mit mir, einem Mann, einlassen? Er soll auch noch keine Ehefrau haben. Das kann doch kein ernst gemeinter Heiratsantrag sein ...

Deshalb habe ich ja solche Angst!

GRMPF

Da hatte ich wohl Glück, dass mein Leben noch etwas verlängert wurde.

Eigentlich sollte ich längst verheiratet sein.

Oh Mann ...

KLACK

Es wäre ja möglich, dass es dieses Mal wirklich ein netter Mensch ist ...

... nichts weiter dahintersteckt ...

... er mir auf wundersame Weise sympathisch ist ...

... und ich letztlich doch noch glücklich werde ...

Aber ...

... egal wer es auch ist, ich werde sicher ...

KLAMMER

Es tut mir leid.

Vater, Mutter ...

ZUCK

... ihr alle.

Tío.

Ich kann ...

... ihn nicht
aufgeben.

Sai ist si-
cher nicht
mehr dort.

Und wenn er
weit gereist
ist, werde ich
ihn vielleicht
nicht finden.

HEPP

Ich
will dich
sehen.

Ach, Sai,
wo bist du
nur?

Ich frage
mich, wie
weit ich allein
überhaupt
komme.

Amir?

Sai.

Bist du das wirk-lich?

Ja.

Seid Ihr auch nicht verletzt?!

HIBBEL

HIBBEL

König Said!

Ist eine lange Ge-schichte.

Lass es mich in Ruhe er-klären.

König Said ...?

Was hat das zu bedeu-ten?

Das hättest du mir sagen sollen!

Ich wollte dir erst davon erzählen, wenn ich ein Umfeld geschaffen hätte, in dem du sicher wärst.

Ach, so ist das also.

Es gab jene, die unzufrieden damit waren, dass ich König werde ...

... und auch nachdem ich mein Erbe angetreten hatte, war die Situation alles andere als stabil.

Erst vor Kurzem konnte ich wirklich eine Basis schaffen.

SCHRECK

... und dass er länger abwesend war ...

Sai hat von einem jüngeren Bruder erzählt ...

Damals dachte ich, ich hätte meine Herkunft hinter mir gelassen.

Bist du froh ...

... dass du zurückgekehrt bist?

S... Sai!

Ich konnte mich noch mal richtig mit meinem Vater aussprechen.

Ja.

Es war zwar keine Versöhnung ...

... und ich weiß nicht, ob er mich letztlich anerkannt hat ...

... aber das ist in Ordnung.

Aber dass nicht alles, was ich getan habe, umsonst war, habe ich erst ...

... dank dir verstanden.

LÄCHEL

Ich danke dir.

Ich liebe dich, Sai.

Amir?

206

... verging die Zeit wie im Flug ...

... und mir alles über Kadarraha beigebracht wurde ...

Während die Vorbereitungen für die Hochzeit anliefen ...

Herzlichen Glückwunsch!

König Said!

Amirsama!

Ich rühr keinen Finger mehr ...

Bin ich fertig ...

FLOMP

Was? Aber es hieß doch, dass heute nichts mehr geplant ist ...

Ihr habt keine Zeit, herumzusitzen!

Die Feier und die offizielle Verkündung der Heirat sind an verschiedenen Tagen.

Also kann ich mir heute wohl den Rest des Tages freinehmen ...

Amir-sama!

Was redet Ihr denn da?!

Heute ist doch die erste Nacht, die Ihr mit Seiner Majestät verbringen werdet.

Daher müsst Ihr Euch entsprechend vorbereiten!

Nacht
...?

Amir
...?

Schläfst
du schon?

W...
Warte
kurz!

SCHMATZ
SLRP

SCHMATZ

Uh...

Haah...

S...
Sai.

Gefällt
dir das
etwa so
sehr?

Nein?

Na
ja, ich
hasse
es auch
nicht.

Aber
...

... erregt
mich das
mehr als alles
andere.

... wenn
ich darüber
nachdenke,
dass du das
extra für mich
angezogen
hast ...

Dann fange ich dich auf.

Darin bin ich inzwischen geübt.

Tretet bitte ein.

KRIEE

Wollen wir?

Ja.

SST

フッ

...

The Bodyguard and the Runaway Bride – Ende

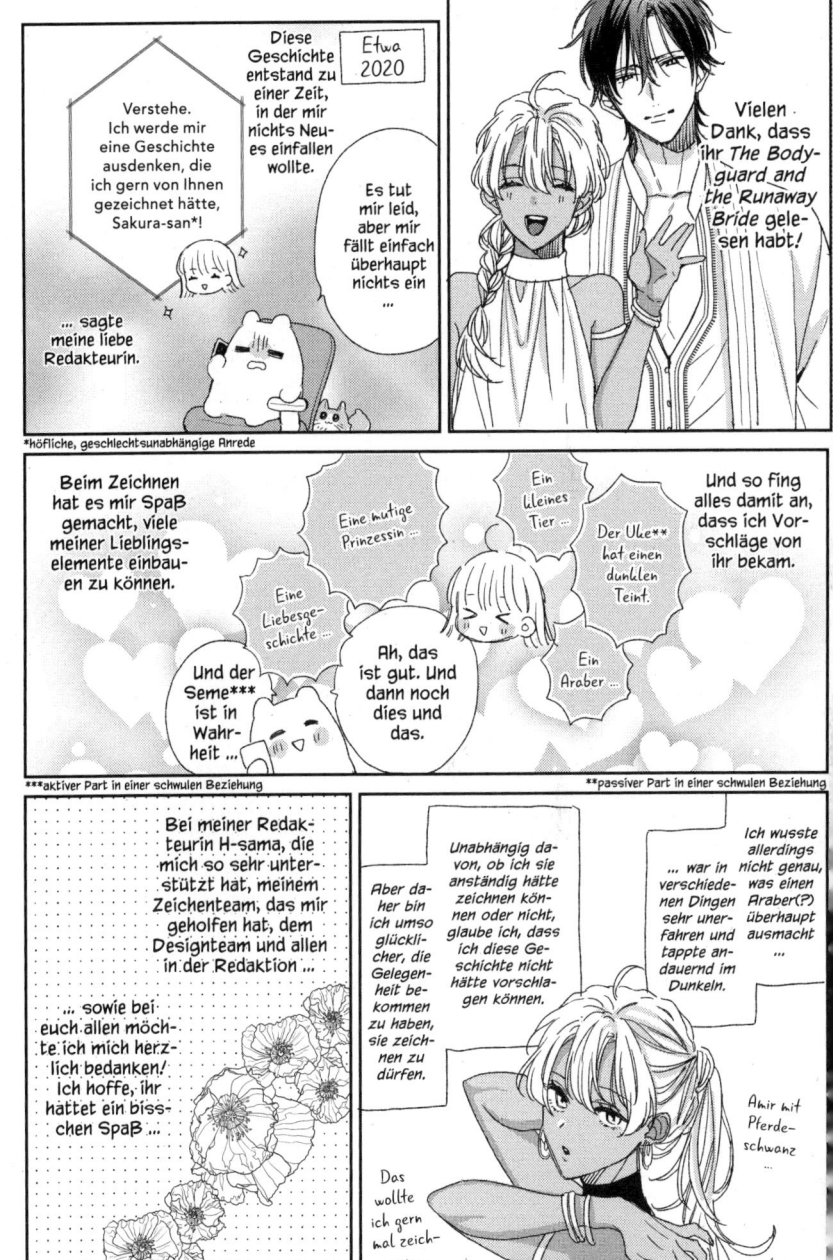

TOKYOPOP GmbH
Hamburg

TOKYOPOP
1. Auflage, 2024
Deutsche Ausgabe/German Edition
© TOKYOPOP GmbH, Hamburg 2024
Aus dem Japanischen von Larissa Bamberger

YOJINBO TO NIGETA HANAYOME
© 2022 Rico Sakura / ShuCream Inc.
First published in Japan in 2022 by Takeshobo Co., Ltd.
German translation rights arranged with Takeshobo Co., Ltd.
through Tuttle-Mori Agency, Inc., Tokyo

Redaktion: Katrin Aust
Lettering: Vibrant Publishing Studio
Herstellung: Alina Kronenberg, Nils Bornemann
Druck und buchbinderische Verarbeitung:
CPI – Clausen & Bosse GmbH, Leck
Printed in Germany

Wir achten auf die Umwelt.
Dieses Produkt besteht aus FSC®-zertifizierten
und anderen kontrollierten Materialien.

ISBN 978-3-7593-0296-0

www.tokyopop.de